바람, 시냇물의 노래

전남혁 시집

시음사
시사랑음악사랑

QR코드 스마트폰으로 QR 코드를 스캔하면
시낭송을 감상할 수 있습니다.

 본문
시낭송
감상하기

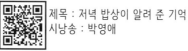 제목 : 저녁 밥상이 알려 준 기억
시낭송 : 박영애

제목 : 순수한 멍청이
시낭송 : 최명자

 제목 : 삶 짓기
시낭송 : 박영애

 제목 : 미련 1
시낭송 : 박영애

 제목 : 가을의 약속
시낭송 : 박영애

시인은 자연을 이야기하고
시낭송가는 자연을 품었다.
글자는 날개를 달아 언어로 날고
소리는 자연에 눕는다.

시인의 말

이제는 불의에 맞서서 나가 싸우라면 할 수 있지만
시집을 내자라고 마음먹기까지
쉽지 않은 용기가 필요하였습니다
맞선 보기의 불안한 심리는 아마 부족한 자신감 때문이지요
어쩝니까 내고 보는 것이지요
늦게 등단한 제게는 간단없는 배움과 채찍이 필요합니다
많은 선배 문인님들의
작품을 배독하고 흉내 내고 뒤따라가며
저만의 글을 가질 수 있는 날을 소망합니다
지금까지 동반하여 격려를 주신 장화순 시인님과
이경희 시인님, 첫 시집을 펴기까지 배려하여 주신
김락호 이사장님께 깊은 감사를 드리며
겸손을 갖추고 미래를 지향하는 변산의
시인이 되겠습니다

시인 전남혁

* 목차 *

* 목차 *

가족서사(家族敍事)

1. 약사

우리 집 이야기는
강원도 인제 현리의 '05년생인 아버지로부터 시작된다.

해방 전
일가친척의 전부였던 소 한 마리 우시장에서 계산되고
새색시 버선발 때 묻기 전에 조선 말엽의 여인인 '16년생의
어머니는
아버지의 손에 끌려 타관객지 흥남에 도착하였다.

웬일인가 지정된 관사, 배급되는 민생고,
붉은 깃발이 완연한 김일성의 세상인걸
그곳에서 낳고 낳아 제비 새끼들 입 벌릴 때
6.25가 발발했고 50년 12월에
毛의 卒들이 쫓겨났던 인민군과 함께 밀려드는데
공산당원이기를 거부했던 부모님,
그리고 형제자매는 흥남부두에 정박한 역사에 기록된 배에
오르고
그 당시 막내이던 인혁이 형은
갓난아기인 채로 가족은 거제도로 흘러들었다

6

피난 가기 달포 전
경희 큰누나와 승배 남매는 개마고원으로 구황작물 구하러
동네 할머니 따라나섰다가 그 길로 영원한 이별이 되었고
남한엔 4남 1녀가 살게 되었다.

거제도에 도착한 가족은 빨갱이 감별사에 의해
분리되어 거제도에 안착하나
떠먹을 숟가락, 바늘 하나 꽂을 수 없는 땅과
계절마다 초근목피가 양식이 되었고
산후조리 엄두 내지 못해 영양실조로 입 돌아간
어머니는 숨이 멎고 동네 어귀에 버려져
거적 하나 덮은 것이 저승 가는 옷이 되었다.

함께 피난 온 아주머니가 길을 가다
꿈틀거리는 거적 아래 생명을 보았네
아버지 등에 다시 업혀 온 어머니는 한나절 사이
죽었다가 부활한다 예수님보다 빠르게 깨어나신 거다.

바람과 구름과
시냇물의 노래

1956년생인 나는 부산서 막내로 태어났다
임신 후 육 개월쯤 발차기를 인지한 엄마는
그때서야 뱃속에 한 놈이 있음을 아셨다
영양공급이 턱없던 나는 자궁벽을 발로 찰
힘이 생기기까지 기다린 것이다.

이렇듯 집안 이야기는 생전 어머니께서
아버지의 제사 때마다 들려주시던,
흑백사진이 되어 기억의 아랫단에 깔려있다.

2. 유년을 그리다

1960년대
거제도에서 부산으로 이사 온 괴정은 민둥산이라
나뭇가지 주워 아궁이에 불 지피기가 쉽지 않았고
유월엔 엄마의 검정 비로드 치맛자락을
고사리손으로 잡으며 산 낮은 보리밭에서
이삭 줍든 게 고작이던 날
봄에도 새우는 소리는
여름에 가서야 들을 수 있었다.

여름날 아침

판잣집 다닥다닥 좁은 길 건너

청포묵 집에서는 멍석을 깔고 하얀 김이 나는 이밥에

날달걀을 깨뜨려 비비고 연근 반찬은 덤이다

어린 나는 바싹 다가앉아 얻어먹을 궁리를 하여보나

침샘의 경련으로 턱 아래가 아픈 데

눈길 한번 주지 않고 생존의 법칙을 알지

못한 채 궁색한 부엌으로 달려가

장독의 물을 퍼마시면 역류성 되새김질이 반복되었다.

아침에 눈을 뜨면

어머니, 아버지와 형제자매들은 마술처럼 사라지고

종일 먹지 못해 누워 지내던 비 새는 판잣집은

유년의 텅 빈 놀이터고 기다림의 연속이었다.

어스름 땅거미 무서울 때 갈비짝은 가파른 산이 되고

가족은 마술처럼 다시 나타나서 설익은 보리밥과 배급받은

삼등급 밀가루로 반죽이 된 수제비에 소금간이 더해지면

내겐 생명의 연장이고 성찬이었으며 가족들은 먼 데 가서

품삯 일로 각자 끼니를 해결하던 날들이었다.

바람과 구름과
시냇물의 노래

일곱 살 되든 해 영연방 유치원을 다녔다

결식아동 모인 곳에서 진종일 유일한 한 끼를 먹었고

영국의 또래 아이가 입었을 양모로 만든 아동 신사복 한 벌

구호품으로 받아 입고서 멋지고 신이 나서 씩씩하게 걷던

어느 날

작은 여울 따라 유치원 다니던 좁은 길 저편

독립가옥의 누렁이가 달려들어 바지를 물어뜯었다.

다치지 않았지만, 꿰맬 수 없는 지경이 되고

다시 입을 수 없음에 설움이야 커다란 울음소리로도

바꿀 수 없었다.

그 후로

그곳을 지날 때마다 누렁이 있는 곳으로

닿지 않는 돌팔매질 잊지 않았다.

대체할 하의가 없었던 이유로 끈 묶은 무명빤스를 입고

상의는 아동 신사복을 걸치고 다녔으니,

허수아비 옷 걸쳐 놓은 듯 뒤뚱거리며

마른 다리로 유치원을 향하던

가족에게 뒷모습은 명절 때마다 어둡게 회자되어

슬픈 미소로 남아 있다.

간(肝)

괴정 아이가
대신동 가려면
먼지 길 대티 고개를 넘어야 했다

아니면 누나 손 잡고
GMC 개조한 매캐한 버스에서
멀미하고 토하던지

고갯마루엔 애기 간 빼먹는 문둥이가
어딘가에 숨어 또래를 기다린다고
파리한 안색과 고리눈으로 믿었다

어른이 되어
기름소금에 찍어 먹거나
순대 한쪽에 삶은 간을 먹을 땐
물컹하고 고소한 미소를 삼킨다

바람과 구름과
시냇물의 노래

성탄절의 추억

중학교 일 학년 12월,
선물 많이 준다는 교회를 다녔다
구교 신자인 나는
많이 베푸는 쪽을 택했다
재미있는 것은, 거기 가면
"눈감으라 해 놓고 신발 훔쳐 가더라"가
들려오지만 그건 웃기는 사람의
얘기라고,
한 동네의 누나 형들의 꼬드김에
함께 갔었고
아기 예수가 나기 전부터
연습했던 노래들은

고요한 밤 거룩한 밤,
저 들 밖에 한밤중에,
징글벨 등

이브날 자정 너머 곤히 잠들기 시작한
교인들의 창문 앞에서 부르던 캐럴과
낡아 빠진 외투 깃을 한껏 세우며 받았던
동전 몇 잎과 과자 봉지로
성탄이 마냥 기쁘기도 했는데
귀때기 시려 목장갑으로 비벼 되던
그 밤은
막연한 설렘으로 남았지요.

작은 교회로 돌아오던 밤길은
하늘이 검푸르고 바람이 잔데도
달빛과 별빛이 몹시 추워 보였어요
그 길이 아직도 그곳에 있을까
아슴푸레한 날의 순간을
그려봅니다.

아쉬운 것은
그런 추억이 지금도 진행되어야 할 텐데
어느 날 없어졌다고 얘기를 들었을 때
그때 들리던 성탄의 종소리를
이제 들을 수 없답니다.

바람과 구름과
시냇물의 노래

저녁 밥상이 알려 준 기억

일곱 살 때쯤 하도 배고파
물 한 모금 먹고
하늘 쳐다보기를 여러 번

어머니가 애써
옹기에 담근 소금간 열무김치
배부르도록 집어 먹고
물 한 바가지 비웠을 때
하늘 볼 새 없이 쏟아진 눈물 같은 설사

경자년 시월 열하룻날의 저녁상은
쌀밥과 충분한 양념으로 곰삭은 김치와
몇 가지 찬들이
그때의 배고픔을 일러준다

잊고 있었던 감사한 만찬
그리고
게을러진 긴장감

제목 : 저녁 밥상이 알려 준 기억
시낭송 : 박영애
스마트폰으로 QR 코드를 스캔하면
시낭송을 감상할 수 있습니다.

중등교실

각이 진 교실에서
면적 내는 공부하다
천진한 언어로 꿈을 지저귀고

콩나물시루 속
풍금 소리 붓던 날은
중간쯤 펴 본 역사책이
선생님의 머리에 앉았다

나무 창틀로 날아든
흰 나비 한 마리
소년의 눈 속에 춤춰 날았다

바람과 구름과
시냇물의 노래

착시(錯視)와 이명(耳鳴)

아주 넓어 보인 골목길
끝이 아득했던 운동장

어느 날
좁고 가까워 보이고

해거름
밥 먹으라고 외치던 어머니
배고파 크게 울리던 어린 귀

어른이 된 지금
그 아이 그곳에 남았다오

유년 교실

마그네슘 섬광은 흑백의 사진—

교실엔 칠십여 개의 책상과
걸상 다리 닮은 우리의 다리
절반은 흰 비듬이 일던 까까머리와
흰 꽃이 핀 얼굴들
창가 앉은 머리 큰 일곤이는 일정한
시간 두고
콩~칵하고 가래를 뱉었지

축농증이었나 봐
예민해진 수업 시간 중
뜸하면 어 하고 시선들이 갔지
이마 넓은 담임은 마음도 넓었다

모두가 응시하던 푸른 들판에
선생님 하얀 손끝이 우리의
미래를 그려 주셨지만
오전반 마치고
귀가하는 흙빛 신작로 걸을 때는
없는데, 먹을 게 있을 것만 같은
공허한 포만감은 기대 이상이었다

"라떼는 말이야."

바람과 구름과
시냇물의 노래

다리 밑이 뻘거더냐

얘기 듣고 이해하기까지
많은 시간이 걸렸다
달빛 아래 다리에서 두 남녀 만났다
오작교라고 치자
그날 이후 다리 밑에서 주워온 아이가
나라고 그랬다
당신은 어디서 주워왔데요

어린아이처럼

다시 올 때마다
열두 띠 십이지신은 언제나
새해여요

새해엔
어린아이 마음을 닮은
삶을 살아 보기로 합니다

세상을 볼 땐
아이의 맑고 고운 눈망울을
통하여 보고

제 앞에 서 있는 그대에겐
햇살 부신 언어로 사랑한다고 말하고

추운 겨울날의
언 땅에 넘어진 어린아이처럼
작은 입 크게 벌려
아픈 만큼 울렵니다

그게 안쓰럽고 귀여워
꼭 안아주던 기시감!

바람과 구름과
시냇물의 노래

라이터돌

무명 콧물 수건에 뻔 침 꽂던 시절
동네 절름발이 형이 있었다
외출할 땐 어김없이 오른 다리 절었다
또래 아이들과 뒤따라가며
철없게 리듬 타던 두 박자

라이터돌! 라이터돌!

기가 막히게 일치가 된다
지금은 슬픈 합창으로 남았는데

형은 뒤돌아보다
퍼지게 드러난 흰 꽃을 문다
그가 작아질 때까지
거리 두고 놀려대곤 했다

그 기억의 날이 새면
기백 원 하는 라이터로 불 밝힌 적 없고
너그러운 미소 지어본 적 없는
내가 라이터돌이다

무위(無 爲) 1

어깨 부위의 파열로
두 번째 병동에 누웠다
낮기는 시간이고
햇볕 받으러 밖으로 나오니

하필
바람이 비를 머금어 가지를 흔들고
매지구름은 움직이지 않네
차마 하늘을 달릴까 봐.

바람과 구름과
시냇물의 노래

안심(安心)

이순 넘어도 받지 못한
연금을 빚내어 채웠네

까만 촉으로
반짝이는 언어를 캐어 보지만
확률 적은 일은 재화로는
막연한데

두 사람은 25일 자를 바라보네
편의점 알바의 절반은 되려나
요즘 그 일 구하기도 힘들다는데

통장을 보니 금액이 남았네
남은 열흘 견딜 수 있어
지푸라기 잡은 터에
물가에 닿았네

살다가

인생 뭐 있어 다 그런 거지
흔히들 하는 말이지만
삶을 깔보거나 비아냥거리는
말은 아닐 거다
포용적이고 토닥여서 위로해주는
친근한 말이 아니던가
때로는 삶이 무척 고단하고 머리도 아프니
술을 마시고 노래를 부르며 춤을 추다가
흘린 술에 미끄러워 넘어져도
'인생 뭐 있어 다 그런 거지'라고
웃어넘긴다

바람과 구름과
시냇물의 노래

가깝거나 멀거나

'사물이 거울에 보이는 것보다 가까이 있음'

미수米壽가 되도록 건강하셨던 장인이
이상 증세를 느껴 검사하니
말기 암이란다
2개월 남짓 투병 끝에
생전에 원하셨던, 화장 후
잔디 장으로 묻히셨다

남길 유산은 없으니 각설하고
평생을 함께한 아내에게
미안하다고
고생했다고
'사랑해'란 말 건네지 못한
회한悔恨은 남겨진 그녀의 몫인가

장례가 끝나고 집안을 정리하면서
한 차 넘는 생의 유품들을 보며
호더의 일면도 있어 보였다
아쉬운 것은 곁에 죽음을 지켜보았던
아내와 가족에게 사랑한다는 말씀 한 번
하셨더라면 곡哭에 절은 눈물을
더 흘렸을 일이다

죽음은 막연한 미래일지라도 내일이 될 수 있음을,

사랑한다는 말이라도 입안에
빵빵하게 담고 가야겠다
언제 뱉어야 할지 알 수 없기에
가깝거나 먼 것은 우리가 정할 일은 아닙디다.

바람과 구름과
시냇물의 노래

순수한 멍청이

순수한 데다 멍청함이 덧 씌었어
겸손, 배려, 사랑, 연습이 없어도
타고 난 체질인 거야
고로 악인도 비켜선다

양심이 지나쳐서
왼손이 하던 일을
오른손이 알까 봐 마음 졸인다
사나운 개에게 물려 피가 흘러도
두려운 마음에 돌멩이 던지지만
맞히지 않는다

돌부리에 이리저리 채이고 아파
상처가 크더라도
분노는커녕 천진한 눈빛으로
흘러가는 구름 따라 걷다가
지칠 때까지 뛰기 시작하는 거야

때로는 그것이
치명적인 약점을 이겨 내게 하고
스스로 위로가 될 수 있어
순수하고 멍청한 사람은
바보라 하여도 복은 받을 거야

그런데...

어디 그런 사람 있겠어
포레스트 검프면 몰라도

제목 : 순수한 멍청이
시낭송 : 최명자
스마트폰으로 QR 코드를 스캔하면
시낭송을 감상할 수 있습니다.

바람과 구름과
시냇물의 노래

좋아했던 조영남도

기질과 노래로 즐겁게 한 그도
그림 한 점 그려 놓고 덧칠해 준
무명 화가에게 하사한 돈이야,

강남의 좋은 집에 살면서
그 돈의 가치가 크잖아
그의 노래 중에 알려지지 않았지만
겸손은 힘들어 그랬네

욕심이 있어도 그렇지
너나없이 겸손도 없는데
사랑한다고 곁들여 노래했다면
웃겨서 뒤집힐 뻔했네
'겸손은 힘들어' 노래했거나 말거나
으하하
결과는 무죄예요

독(毒)

다양한 개체의 동물들은
생존을 위하여 독을 만든다
먹이가 부족한 환경에서는
정도가 더 강하다고 한다
인간에게도 독이 있을까?
있다!
그것은 사악한 마음으로
사랑이란 영혼의 울림을
통째로 삼키는 일이다
인간의 내면은 얼굴보다
무섭구나
정인아! 정인아! 정인아!

바람과 구름과
시냇물의 노래

착각

차 세워 멍하니 허공 보는데

내 차가 뒤로 밀린다

놀라서 힘차게 브레이크를 밟는다

그래도 밀린다

옆 차의 머플러를 보고서야

다리가 풀린다

내 발바닥과 브레이크가 애썼네

그 짧은 착각 속에서

내가 옳다고 반응했다

얼굴

오랫동안
거울에 비친
내 얼굴을 보고 왔어요

조각 미남은 아니데요
그렇다고 추남도 아니고
자아도취 해
정감이 있어 보인 안면에
날 감추려 가면을
쓰고 있어요

남이 웃길 땐
자지러지게 웃었지만
나를 위해 얼마나 웃기고
웃어보았느냐고

바람과 구름과
시냇물의 노래

사랑과 삶과 늙고 병들고 죽는 것

사랑과:
운명이 질투한 사랑은
기다릴 줄 모르는 조급함으로 서성이다
늦가을 새벽 들녘에 앉은 하얀 서리가
정수리를 덮었네

사랑의 번고(煩苦)함은
뫼비우스의 띠로 페넬로페의
직물 짜듯 하며
우리네 사랑과 형질이 다른
또 하나의 사랑과 비교되고
편차가 커 할 말을 주저앉혀도
일떠서 노래하면 근사치에 이를까
태곳적
본능적인 것에 쾌락을 달아준 사건은
아담과 이브로부터

인연도 색깔 있는 온라인이고
이전엔 새까만 아날로그의 추억,
하염없이 작아져 가는 픽셀의 섬세함에
사랑도 유비쿼터스의 하위 폴더여

사랑은 변하지 않겠으나
변할 수 있는 변곡점은 불안한 내일이고
기기와의 사랑은 가엾음의 끝이 음란이고
윤리는 기술력에 함몰되어
소 닭의 비유마저 잃은 시선은 가상현실의
장난감들 속에서 만족하여
저 혼자 살아도 효도 걱정이 없어

바닷가의 모래알 수는 전설이야
아무렴 어때 밀레니얼이라 하던데
그리고 사랑의 감칠맛은 주눅이 들어
은장도의 사연도 비켜서 있어

바람과 구름과
시냇물의 노래

삶과:

촌각寸刻의 한 점 한 점이 이어진 인생은

태어나 보릿고개 넘어가며

등과 배의 악전고투하던 날들을 보내다가

보다 비약된 삶을 위해 건너뛰어

만회하던 시간 속에서

달콤한 한 마디에 믿어버린

그 틈새마저 사기꾼은,

가서 기다려 나를 담아 놓은 가방을 낚아채

씁벅한 눈알 뒤로 사라지고

영육의 순수가 담긴 가방을 잃은 후

모두가 돈이고 그놈은 혐의없음으로

울지 못한 기사 한 줄로 마감 치네

늙고:

허리 휘고 등 굽은 것

슬프다고 해서 펼 수만 없어

펼수록 등짝 버팀의 피곤한 결심은

굽은 것보다 불편해 보여

계절의 땅 위에 사람이야
기다 서고 가다가 부러지고 휘어지는데
할 말 있나
할 말 있는 사람은 스러져 가는 게 죽는 기분보다
구차했을 거야

병들고:
지치도록 누워있으면 저승사자의
방문이 있을진대 오심을 환영 현수막으로
문 앞에 걸어 둘 사람 있나
걸 일도 아니지만 동조하기도 쉽지 않아

자다 심정지 되면 입 닫고 코 닫고 뇌 닫고 영혼만
깨어서 보내면 돼,
호마이카 궤짝이 리무진에 실려 고운 흙에
묻힐 준비가 되었는지

바람과 구름과
시냇물의 노래

죽는 것 :

안 죽어봐서 모르겠어

부활도 있고 천당도 지옥도 있다는데

여태껏 예수만 부활했데요

본 사람 있다는데 어쩌겠어요

그 후로 부활한 사람 없다나

뭐 두렵겠지요 천의 한 사람 인간의 약한 모습이

죽음 앞에서 태연하여

백지장 같은 얼굴 위에 평안한 기운이

남아 있다면 아이들에게 유산이 될까요

의문이 필리핀의 쓰레기 산처럼 쌓여도

안 죽어 봐서 모르겠어

죽었다 깨어나는 일은 살아 있을 때

"잘하고 있어"라는

　　　'계시'

불화(不和)

지금 비가 옵니다
제법 세차게 내립니다
우레가 심장을 기죽일 만큼
점점 크게 들려옵니다

불화가 있답니다
번개를 동반한 분노의 날씨보다
더 겁이 납니다

바람과 구름과
시냇물의 노래

연민

아픈 사람
아파도 치료할 수 없는 사람

좋은 약과 시설이 지척에 있어도
갈 수 없거니와 데려다줄 수 없어
아픈 사람

아프면 생각도 아픈데 의지도
아프니 체념하는 슬픔도 모르는
진통제 같은 아픔

고통이 절망으로 가기 전
되오며 걷는다
걷되
생이 다 가도록 붙들고 있는
욕망을 뒤돌아봐도
치유되지 않고 있어
차라리 폐쇄된 곳으로 가서
나보다 아픈 사람들과
찬란하지 않아도
선한 삶을 살았다고
진단을 해야 하는데,

죽는 날
핏기 가신 얼굴에 평안함이 머문다면
영혼이 붕 뜰 때 손잡고 연민을 말할게

바람과 구름과
시냇물의 노래

삶 짓기

악몽 같은 오늘까지 잊어도 좋아
잊을 수 없는 추억은
레테의 강으로 흘러가니 마시지 말았어야지

푸른 날들은 바람에 실어 보내고
이제 와서 아는 체하여도 우스워
타임머신 타고 오늘을 수정해 놓고 올까

까치도 학습능력이 뛰어나다던데
삶의 학습능력은 제자리구나
이러니 내가 아둔한 것

조각품이 맘에 들지 않아
바수어도 불만족을 건널 수 없으니
되돌려 첫 모서리부터 쪼아야지

나와 그림자가 따로 놀지 않고
생각이 만족을 보장하게끔

제목 : 삶 짓기
시낭송 : 박영애
스마트폰으로 QR 코드를 스캔하면
시낭송을 감상할 수 있습니다.

배려와 약속

나 지옥 갈 테니
그대 천국 가소서 간 인원이 만원이면
더 그렇고요
사랑했기에 세상에 좋은 것
희생과 양보 기쁨과 행복에 겨운
즐거움까지 퍼서 드리오니
모두 받으소서

눈동자가 고정되어 피로감 주기보다
시선이 자유롭게
다양한 모습도 취해드리고
소싯적부터 초로까지 고치지 못한
악습까지 던져버리지요

뱉은 말이 마음에서 왔으므로
지켜지기를 그 언약 순도 높게
정제합니다

바람과 구름과
시냇물의 노래

세월

젊음을 제낀 뒤
앞만 보고 가시나
따라 걷는 내가 숨이 차니
천천히 가소
길 걷다 보니
송엽국, 목마가렛, 큰금계국,
오호! 노란 수선화까지
꽃들은
봄이 올 적마다 웃으며
들녘 길가에 피겠지만
얼굴에 주름 꽃은
화가 날 때나 웃을 때 늘어날 거로 보아
그대들의 향기와 화사한 색으로
낯 펴져 좋을는지
나 백 년 속에 일년생 풀이라
두 번 필수 없어
핀 다음 지는 일만 남았구나
세월아
간다는데—
허리띠 풀고 따라갈 게
돌부리에 채어 주저앉히지 말고
가는 데까지만 데려다주소

방정맞은 입

사랑한다는 말보다
눈으로만 얘기할걸
사랑한다 말은 잘해놓고
행위가 뒤처져
눈빛보다 못하니
사랑한단 말이 허공에서
놀고 있네

바람과 구름과
시냇물의 노래

슬픔은 없어

춤춰온 날보다
주눅 들어 지수굿하게 속으로 삭힌 게
모래알 수이겠나

찰리 채플린이
웃프게 지팡이 짚으며
뒤뚱뒤뚱 걸어가던 기억이
현실만 한가

살면서 매디슨 카운티 다리의 일탈이
술 권하듯 않지만 장막 둘러치고 보면
애잔한 사랑 얘긴데
숨겨둔 비밀 하나쯤 없으면 헛산 건가
둘만의 비밀이어서 아름다웠을 거다
그래서 슬픈 거다

이루어지지 않는 사랑은
이성과 정염 사이에 옹 박혀서
족적이 드문 희귀종으로 남았지만
훗날 밀회가
누구에겐 좋은 돈벌이가 되니
그래, 그래서 슬픈 거다

꽃잠이 영원하리라
손가락 걸었던 연인들이 만 가지 이유로
싸가지를 외면하고
제길 떠날 때 신났을까
그 싹들은 어디서 우나
예전엔 장독 뒤에서 울었을 텐데
생각하면
애가 탄 연기에 숨 막히네

이순이 연처럼 날다 고압선에 걸렸어
바람 불어 찢기고 뼈대만 남아
달그락거려도 오를 수 없어
남은 시간 잘해봐야겠는데
못된 습관이 배 잡고 웃어
하겠다는데

바람과 구름과
시냇물의 노래

살다 보니
반성문 쓸 일이 많아서
영양가 있는 자음 모음 채 걸러 모아
눈물 나게 노래를 부를 거다

이제, 찬 바위에 누워도
입 돌아가지 않을 게
사해 바다에 던져도 짜지 않는
몸이 되리라

고단한 하루를
지고 가는 귀갓길
그림자 늘어져도

아름다워야 할 때임을 알아
슬픔은 없어

울고 싶다

이쯤 되면 많이도 울었을 텐데
이제 운다면 진짜 울고 싶다
슬프거나 아파서 눈물 흘릴 때보다
서러울 때 흘리는 게 눈물이다
거참
서러운 눈물보다 속 깊은 데 쯤
물구나무서서라도 십자가의 고통만큼
울지 못한 눈물 알고 싶다

이해할 수 없었던 바람에도 울어봤고
이름 모를 들꽃의 외로움에도 울었다
그뿐인가
부모 떠난 아이의 불충분한 이해에도
길게 울었다

울고 싶다
한 방울의 눈물일지언정
제대로 흘리고 싶다

이유는
순진한 마음이 세파에 닳고 닳아서
돌아오지 못할 강을 건넌가 싶어서

바람과 구름과
시냇물의 노래

언행 불일치

살면서
입술을 들었다 놓았다
하는 사람은 많다
행위가 따르지 않으면
가치 없다

인생 1

하늘의 구름은 바람 따라 흘러가고
나는 희로애락으로 버무려져 걷는다

세상의 뜨락에서 보았던
라일락꽃 장미꽃 할미꽃을 일생의 순번으로 매긴다
더 좋은 꽃말과 함께한 꽃도 많지만
시야 좁은 생각의 틈새로 세 가지 꽃만 보이네

산다는 것
후회와 좌절
보다 절망 속에 반복되나
체념의 채반에서 희망의 꽃씨를 걸러 내어
축복받은 대지에 심는다
그리고
영원히 즐겁고 기쁜 날을 꿈꾸면서
숨 쉬는 삶에 감사드린다

사랑하고
미워하고
부딪혀도 팔 벌려 안으며

지난한 인생은
파란 하늘에 바람이 데리고 가는 흰 구름이 된다.

바람과 구름과
시냇물의 노래

인생 2

사계절을 닮은 너는
온유함 속에 생기 돋고
뜨거운 열정은 소나기가 식히며
낭만의 가을은 일몰과 같아도
영면한 대지는 순환을 꿈꾼다

납덩이로 짓누르던 일상의 무게와
가슴을 찌르던 예리한 날 끝의 아픔도
지나면 추억이고 노래가 될 터이니
고통을 즐기는 감각의 거만함도 나누자

우리에게 주던
가진 것과 잘난 것과 그 이상의
찬란함도 끝나면 저무나니
사랑과 미움을 함께 주고 용서받았고
되풀이되는 애증일지라도
무덤 속에서 기다릴 가치가 있는
연인과 함께했다면
괜찮은 삶을 살았다고
영혼이 독백하자

담배

아파트 현관문 열었다
언제부터
낯익은 냄새가 난다
부산 피난민 시절
아버지 골방 지날 때마다
유쾌하지 않았던 냄새의 기억

이쁜 손녀 가끔 오는데
그 기억 물려줘야 하나
유산도 아닌데

의지로 담배 끊어야 해
숨쉬기 힘들면 담배 끊어야 해
되내어도 어느새
입에 문 담배

바람과 구름과
시냇물의 노래

동백꽃

동백나무에 봄볕을 받은
꽃 한 송이 제 얼굴이 탈까 봐
오므리고
동백잎 그늘에 숨은 또 한 송이는
붉게 폈소

한 나무에 꽃송이마다
어이 표정이 다르오
우리의 사랑도 사랑한 만큼
받을 수 있다면 햇살처럼
눈부시거나 아니면
부끄러워 나만 기억할 건데

나는 그대에게 항상 생화를
드리고 있다오
잊을 수 없을 때는
꽃이 마르도록 흘렸던 눈물을
녹슨 못에 걸어 두고
우연히 본 동백꽃의 이면을
생각하오

동백꽃은 해마다 필 테지만

청춘은 여윈 꽃이 되어

스러져 갈테니

끝 날 즈음 유구한 그리움까지

묻어주시오

바람과 구름과
시냇물의 노래

미련 1

바람이 불었나요
당신이 실려 왔나요
온 것은
눈물과 추억 한 조각

내게 남은 것은 미련뿐이고
잊어야 하는데
잊을 수 없으니 미련한 거고

바람이 불면 들녘으로 갈 거요
이제는 들을 수 없는 목소리여서
바람에게 들어요

저 멀리
아스라이 사라져간
잡지 못한 빈손만 흔들지요

제목 : 미련 1
시낭송 : 박영애
스마트폰으로 QR 코드를 스캔하면
시낭송을 감상할 수 있습니다.

미련 2

바람을 등쳐 먹은
아픔이 있더라

별뉘 비친 꿈속 걷다가
먼지처럼 흩어져
습기 없는 자닝함과
무심한 가시에 찔려
쉰 소리 내며 통곡을 해

바람을 등쳐 먹은
아픔이 있더라

그리움에 쓸리는 통증을 안고
미련만 각질 되어
내려앉더라

바람과 구름과
시냇물의 노래

슬픈 사랑 몇 가지

1
플라시도 도밍고가 아마도
사랑했던 것은 처음 본 순간인데
자주 보는 눈에 탐욕의 곱이 껴
그의 라이브는 끝났다
처음 본 순간을 배반한 것이다

2
긴긴 세월
소식을 알 수 없었던 그대가 길 건너고 있어
충혈된 눈빛으로 손 뻗치다 심장이 멈춘
영원한 이별은 어디서 재회할까

3
이혼 후 백화점 앞 저만치에서 보았던
그녀의 그대와 파안대소하며 가슴팍에 아기 안고 있으니
너는 지금도 혼자일 수 있어

4

부잣집 막내딸 귀염둥이는 진실한 남자를 만났다
남자는 족보가 궁핍하고 연인의 집안은 완고하므로
그녀는 자살을 택했다
아직도 그 남자는 슬픈 영혼을 추억하는가

5

평생을 속 썩이다 이제 사랑한다고 고생했다고
말하려니 말기 암이란다
변은 봐야 하니 병원 화장실에 앉아서
소리 죽여 울어야지

아직도 다 겪지 못한 사랑의 슬픔은
행진 중인데 피켓을 들고
너를 사랑해! 너를 사랑해! 외치며
큐피드의 화살을 맞으려 하네

바람과 구름과
시냇물의 노래

바람 1

저쪽이던가
예리성曳履聲이 들리는 듯

바람-

기다리던 마음을

바람-

타이르던 말씀과

바람-

웃고 간 뒤에

노을에 비친 그리움이
손가락 사이로 빠졌나이다

까만 조약돌이 바라본 소녀의 머릿결은
시냇물처럼 흘렀건만
여인이 되자
바람이 데려갔을 테지

바람 2

지금
바람이 불었나
느낄 수 없어

언제 스치고 갔나
순간을 놓쳐버렸어

인식한 바람을
알았을 때
기억 너머 그곳에서
불고 있었지

슬픈 빛 윤슬이 흐르던 강물과
옥수에 건네려고 한 것도
생명과 바꾸려던 것이었는데

바람이 불 때마다
또 그런 마음이 들 것 같아
모른 체 너를 흘렸다

바람이 실어 온 그리움을
깃털처럼 날려 보낸다
그대 곁에 머물 수 없기에

바람과 구름과
시냇물의 노래

바람 3

바람이 얘기해 듣고 싶었지요
마음대로 불어서 흩어진 말씀을
외울 수 없어요

바람 4

바람이 부네요
부드럽고 따뜻해서
나를 만져줍니다

바람은
알 수 없는 의미를
알겠거니 넘겨주고

미간에 일던
찜부럭 바람과
맘 꽃마저 움츠린 매서운
바람이 섞어 불 때와

가끔 후덥지근
통기 없는 바람으로
질식하려면 무심히
하냥 사라지는 바람 되어라

내가 소망한 바람은 잊고
잊어 드러난
눈물 꽃으로 피어
땅을 적셔라

바람과 구름과
시냇물의 노래

아사녀

시집와 석 달 만에
그대를 서라벌로 떠나보낸 후

긴 기다림은
먼발치에서 간절함이여

홀로 밤
소반위 기름 접시에 심지 타듯
타는 마음과

불에 덴 속살이
바늘에 찔린 명치와 내통이
참을만해도

해후하려 순응한 그리움은
영지影池에 잠기고
무영탑은 비치지도 않았네

그녀의 하늘에
들렀다 간 계절의 구름이
몇 번인지 셀 수 없어

쥐어짜도 메말라 버린
인정 없는 전설은

세월만큼 멀어져 가고
연못에 드리운 얼굴만
떠 있어라!

비람과 구름과
시냇물의 노래

고무신

실화인데요
군대 가기 전에 둘이서
아주 좋아했답니다
어느 정도냐고요
하루도 못 보면 신열이 나서
해열제가 필요했던 거죠
기다리겠다는 말은 기본이고
눈물까지 흘렸으니까요

젖은 눈망울 평생토록
잊히지 않는답니다

휴가 땐 멀리 친척 집에 갔다는
비슷한 얘기 몇 번 흘려들었지요
세상에!
33개월도 못 참고 고새
육군 장교에게 시집갔더랍니다

동네 친구가 편지로 연락하데요
탈영할 뻔했습니다
고무신 얘기는 들어서 알고 있었지만
제 얘기가 된 겁니다

고무신 거꾸로 신고 갔을까요
아닐 겁니다. 바로는 신고 갔을 테지요

헐!
나를 사랑 하기나 한 건지
그 당시에 사건은 지금도
끔찍합니다 아세요?

바람과 구름과
시냇물의 노래

무위(無爲) 2

칠월 초
오른 어깨 인대 다시 끊어져
세 번째 병상에 누웠다

선생님 왈,
"수술은 잘 됐고요, 콜라겐도 넣었어요"

조갈 같은 시간이 껍질로 일기에
바람 쐬러 나왔지만 햇살은 오월
봄볕보다 따가운 눈총이다

하루하루 소일하다
오르락내리락 칼로리 소모량 읽으며
환우들의 표정은 밝은데
불현듯,
네 번째 누울 일 생길까 봐 염려를
소름으로 갈음한다

운산리(雲山里)

지리학적 기상은 염두에 없다
자주 산잔등에서는
운무가 폭포처럼 굽이치다
기어이 산을 내리덮으며
선계仙界의 병풍도를 펼친다

마음만 먹으면 오를 수 있어
전설을 만날 것 같은데
그곳에 가지 않는다

평생 찾지 못한 사랑도
거기에 있을 것만 같아
그리움에 짓무른
운산雲山을 바라볼 때마다
돌아서 버려

바람과 구름과
시냇물의 노래

연가(戀歌)

생애의 노을이 저물도록
알 수 없는 그대

여태 닿지 않는 거리로 물러서며
날개를 부치지 않네

쪽빛 하늘에 흐르던 사랑을
드리고 싶은데 날지 못하오

다리라도 놓아 주오
그렇게 빌었건만 놓아 준 다리가
무지개여요

물레방앗간

정분난 남녀끼리
뜨거움 식히려고
등 밀고 가던 곳

눈 조심 발조심
마음은 먼저 가
비 피해 좋고
봄볕 없어 좋아

물레방아 낙수에
버무린 신열과
방아 찧던 소리가
리듬 타면서
천국 갔나 모르겠네

같은 봄날
누구네 보리밭에
자지러진 흔적보다
오성급이었겠지

바람과 구름과
시냇물의 노래

그대 생각

낮선 들길을 걷다가 계절에 피던
예쁜 색의 꽃들을 기억합니다

어떤 날은
흰 꽃이 시들어 바람이 불기를 바라는
목련의 최후를 본 적도 있고요

초여름 비던가요
드러난 여인의 어깨 위로
분홍색 우산이 비바람을 막으려
비스듬히 젖히다 머릿결이 젖고
입술이 파리해 보이데요

혼자 걷기에 묻고 싶었지만
그럴 수 없었죠
그런 모습을 닮은 사람이 그대였기
때문이지요

무릇, 함께 있으면 좋을 것 같아도
헤어져 사는 거리만큼 채워진 그리움은
곁에 있는 것보다 잊히지 않을 겁니다

오늘 밤하늘이 먹칠 되었습니다
울 것 같기도 하네요
까만 구름 위에
별 싸라기 흩어져 있을 것이고 유성이
하얀 흔적을 남기고 있을 겁니다

어쩌다 본 밤하늘의 그 시간이 아닐까 봐요
그대가 생각날 즈음 별걸 다 상상합니다

바람과 구름과
시냇물의 노래

각인(刻印)

소슬바람의 가을을 회상합니다
손 흔들고 가시던 날이
강산이 네 번 바뀐 지금도 전화하면
마음을 들을 수 있을 겁니다

그렇게는 못 합니다
잊었다는 말할까 봐

뭇 세월에도 그리워하는 것은
기억 속에 이탈되지 않고
아름다운 추억으로
불도장보다 깊게 찍혀
문득,
허전할 때면 뇌리에 찍어
확인할 수 있기 때문입니다

사랑의 이름으로

오늘 밤
섬섬옥수 손가락 사이로
흘러가는 나를 만져라
부드러운가요

나는
색 바랜 낙엽을 비행 시켜
그대 가녀린 어깨 위나 발아래 날아앉아
창백한 달 흔들리는 계절로
데려다줄 겁니다
뜨거움으로 데워진 외투가 없다면
견디기 힘드시겠어요

그런 날
쓸쓸함을 비집고 스며든 찬바람도
사랑 그 이름으로
따습고 고운 나를
만날 수 있을 겁니다

바람과 구름과
시냇물의 노래

사랑의 늪

지금 사랑의 늪앞에 서 있어
빠져 볼 건가요?

연인이 사랑에 빠졌을 때
아무도 말리지 못해요
뜨거워서 손 데어요
모든 이가 지켜보는 입맞춤도
부끄럽지 않아요

격렬하게 새벽까지 태워도
사랑하는 이의 땀 내음도
향기로울 지경이죠

그뿐인가요
휴일 아침 눈을 떴을 때
커피 한 잔의 행복도 그윽하지요
지난밤 생애 최고였을 겁니다

사랑을 할 건가요?

아! 힘이 들어요
사랑을 구걸하기 위해
바보가 됩니다
냉정한 조언도
귀 밖에 머물러요
얻기 위해
모험도 불사릅니다

이럴 땐
나를 미워했던 사람도 안아 봅니다
나를 보듬었던 사람을 기억합니다

사랑할 줄 안다면
지친 나를 위로하지요

그리고 다시 사랑할 겁니다
이승엔 별만큼 많은 사랑의
예감 있으니
뚜벅이가 별 찾아 갈 겁니다

바람과 구름과
시냇물의 노래

만추 유감

습관처럼 왔다가
가버린 널 태울 때
커피 볶는 냄새만이 아니야
너 화려한 시절 보려고
또 한해를
그리움에 비틀어질
아픔까지 주고 간 거야

가을의 약속

오실까...
오라는 그대 아니 오시고
갈바람에 낙엽이 쌓여가겠지요

헐벗은 플라타너스는
슬픈 노래를 불러줄 것처럼
가지에 매 맞은 바람이 잉잉 되기 시작할 거예요

평생을 두리번거려도 찾지 못한 그대여!

한 번도 받은 적이 없는
속 뵈는 스켈레톤의 정직한 배신과
진실을 살필 기회를 얻지 못하고
갈색 구두를 신고 오신다는 그 길목에서
약속 시각의 무고(無告)함을 잊은 체
그렁그렁 서성이다가

비창(悲愴)을 몰고 온 바람이
가을비와 재회할 때면
비바람 속을 누워갈지언정
그댈 찾아 먼 길 나설 겁니다

제목 : 가을의 약속
시낭송 : 박영애
스마트폰으로 QR 코드를 스캔하면
시낭송을 감상할 수 있습니다.

바람과 구름과
시냇물의 노래

연정 비껴가기

여러 번
달리 바람이 불어온 것도 아니야
말만 하면 맞장구치네
누구나 할 수 있는 이야기에
자못 해맑은 웃음소리
그게 말이야
백자 접시에 잔콩 떨구는 낭랑함

종종,
연으로 이어져 다소니 될 여분은
이성의 그릇에 담아 두고
적금 붓던 시간이었어

만약에 고백한다면
또 하나 사랑 연습이네
너 모르게 비켜서기만

가는 봄날 아껴본 사랑 해봤으니
가을 오면 그 마음 적금 타서
너에게 돌려줄게
아프니까 비껴 서서

개망초

심지 곧지만 뽐내지 않아
희고 작은 얼굴이 대세인데
누가 개망초라 불렀나
아서라!
다시 이름하자
나 이쁘다고 조곤조곤 말하니
'베이글 꽃'이라 부를 게

바람과 구름과
시냇물의 노래

회전하는 아파트

늘 한 풍경만 바라봐서
내가 사는 집이
기울기가 절묘한 23.5°의
회전축은 아니어도
느리게 회전하는 아파트였으면,

동편 산마루에
기지개 켜며 일어나는 해 따라
낮달과 동행하며
서편 먼 바다 까치 놀진
풍경 따라 눈 배웅도 했으면,

한나절
베란다의 유리창이 비친 이야기는

햐~
저 아래 장난감 크기의 자동차와
사람들은 개미걸음으로 일 가네

고개 들면

앞산 진달래 철쭉 순으로 붉히고

산 아래 쥔 떠난 기와집 뜨락에

목련 비가 내리지 않나

보는 벚꽃이 시길 하지 않나

냉이꽃 핀 다음 달래마저 풀빛 싱싱하게

솟아오름도 바라보다

해 넘어간 밤하늘 360°

밝은 별빛 모아 그대 얼굴 그려 넣고

입술이나 손질할까

와인 없으면 어때

아로니아 담금주 부어 놓고

도톰해진 그리움을 마셔 볼 텐데

그래서 느리게 회전하며

천지 담은 아파트였으면

바람과 구름과
시냇물의 노래

단풍 미인

내장산과
더불어 여느 산 단풍은
가을 풍치가 아니라고 말할 수 있겠어요

단풍미인이라뇨

그렇게 물든 날
천지에 색은 열정의 순 붉음이라
달의 계수나무도 단풍이 들었을까 봐
연지 볼 수줍음에 빛깔 더 곱고,

샛노란 가없음은
가을이 저문 날 겨울에 드릴
노란 손수건인 걸

허방지방 내려앉은 어두운 갈색도
미인에겐 눈두덩의 색조가 되고,

뽀얀 몸을 위해 홍화 꽃잎을
욕조에 띄운 자아도취의 시간에도
단풍에 얼큰한 그녀는

소국 향의 다색 꽃잎을 떼어
욕탕 물에 덧 띄워 백옥 몸을 씻은 후
가을이 붓질한 색조가 여인을 입히고
단풍 미인이 되니 눈이 설레네

바람과 구름과
시냇물의 노래

드물게 오시는 어머니

한량 한 남자와
가지 많은 나무에 평생을
뒤치다꺼리 시다
제주도 한번 가보지 못한 체
마지막 보상은 장이 썩어가시데요

어쩌다 몽환 중에는
하얀 저고리 검정 비로드 치마가
바람 없이 서 계시고
엷은 미소 지으실 때
뻗은 손이 닿지 않는 것은
명절 때에만 아는 척했던 나

당신께서 이승 떠난 지 스무 해
까마득히 잊고 있었던 영원한
불효자 막둥이는 염치없어
속앓이 눈물입니다

오늘 낮에
하얀색을 가진 꽃들이 흔들리며
그 꽃들이 바람에게 묻습니다

'왜 흔드시나요.'

나비 한 마리

바람이 불어와
마음이 흔들려

나비 한 마리가 국화에 앉았어
꿀을 빨아들이고 있겠지

바람이 불 때마다
얇은 날개 팔랑이며
요지부동
제 할 일 하더라

바람과 구름과
시냇물의 노래

도시 촌놈 시골 번화가를 걷다

영농조합의 아가씨 안내로
차에 내려
도시 촌놈 시골 번화가를 걷다.

푸른 하늘 아래
햇볕에 쬔 초봄의 풀빛이
도시의 야경보다 찬연燦然하며
하늘 가득 작은 저수지,
찾은 내가 낯설어
푸드덕 날아오른 작은 새와
겨울 이겨내고 돋은 보리싹과
여기저기 들꽃들

그곳엔
마흔 남짓 살다간
젊은 상록수 오건이 심은
메타세콰이어 몇 그루 밑동 바닥에
그 뿌리가 땅 위로 솟구쳐 있어
그가 남긴 농심의 열정과
다 주지 못한 사랑의 전설이 한恨 같아
무언의 실체이며
이곳에서 이룩한 굳은 뜻을
와서 알게 됨을

"여기 가슴속에 오래도록 살아있을
농민 오건 잠들다"라는
시인 박형진 님이 바친 묘비명을 읽으며
도시의 지식인이 겸손하게 순농純農하다
빈 봇짐 들고 재 넘어 간
변산의 솔제 마을을 걷는다.

왜 이제 왔을까?

귀농도 아닌 귀촌에
글 한 줄 쓰기 염치없다
그러나
마파람에 실려온 꽃구름과
아지랑이가 놀고 있고
담백한 음식점 위의
가파른 산비탈 밭에는
어느새 부지런 떤 쟁기질이 선을 긋고
오건이 뿌려놓은 영혼의 싹들이
여기 저기 푸른빛으로 채색되어
핍박받던 농정農精을 깨웠네

바람과 구름과
시냇물의 노래

이순 너머 발 디딘 나
도시보다 번화한 풍광에
감화되어 눈물짓다.

나도 그를 따라 밭농사와
씨름하고 부딪히며
이곳의 귀신 되어 살다가
고개 너머 가련다.

-어린 상록수-
소설가 오수영님의
막내아들이 서울에서 변산 솔제 마을로
귀농하는 과정을 실화를 바탕으로 쓴 단편소설
출간 후 오건은 아버지께 왜 세상에 날 알렸냐고
따지러 갔다가 '작가의 자유인데' 말씀 듣고
변산 솔제로 돌아와 농사와 농민 운동에
열정을 쏟다가 젊은 나이에
사랑하는 사람 남겨 두고
간경화로 세상을 떠났다

거기는 비가 오나요

여기는 늦은 밤 겨울비가 내립니다
　　비가 오거나 바람이 불면
늘 파문이 이는데요
　　가로등 옆에 선 단풍나무가
으슬해 보여 편치가 않네요
　　거기는 비가 오나요

바람과 구름과
시냇물의 노래

영접몽(迎接夢)

겨울밤
날은 차고 달은 별 사이로
꿈꾸듯 떠내려갑니다

은물결 물비닐 헤치며
쪽배 타고 임 오시는 날
꿈속의 부둣가에서 하선하기를
기다렸다 내리실 적에
무릎 꿇고 금란 버선 신겨드리겠어요
안내받을 정원까지는
온갖 들꽃으로 깔았답니다
가시면 지붕은 없습니다. 숲이 지붕이에요

산해진미 준비 중입니다
토끼는 추수한 오곡백과 씻어 내며
곰은 마늘을 찧고,
귀여운 다람쥐는 밤을 까고, 저쪽에서는
호랑이가 인절미를 치고 있겠지요
삵들은 인내로 생선을 물어 나른 후
준비된 요리마다
양념을 버무리고 있을 겁니다

부족하군요

암부로시아 신에겐 음료수를 부탁했으니

산 열매로 쥐어짠 상큼한 음료를,

술은 박카스 신에게 읍소했으니

숙성된 포도알 모아 즙을 내리고 있을 테지요

모시고 온 정원 뜨락엔 성찬이 차려져 있고

까치는 날갯짓으로 예를 드리며

뻐꾸기와 종달새와 산비둘기의 삼중창은

여태 듣지 못한 최고의 화음으로

어우러진 노래가 될 텐데요

그리고

숲에 이는 바람으로 나뭇잎이 비벼대는

박수 소리에

영접하는 시간 내내

황홀한 기분도 느끼실 거예요

바람과 구름과
시냇물의 노래

그러면 임께서

고맙습니다 감사합니다 즐겁습니다

하여도 쓰러질 건데

기왕이면

사랑합니다 한마디 더 해주세요

화들짝 꿈에서 깨어날 거예요

겨울밤

그새 달이 서편으로 기울었습니다

임에게 제가 영접을 제대로 한 것인지

현실과 꿈을 가늠해 봅니다

할미꽃

당신 주변에 이름 하지 못하는
들꽃이 화사하게 피었구나

어쩌다 몇 송이 모여있네
꽃말은 충성과 슬픈 추억이던데

사랑하는 이에게 목숨 바쳐 충성하다
외면 받았니

아닐 거다
비록 등 굽어 할미꽃이라지만
겉모습일 뿐

어디 나와 함께 오월 중에
별들이 총총히 빛나는 밤
허리 펴고 들에 나가
그리 된 사연을 조곤조곤 들으며
별들을 세어보았으면

그리고
말 할거지
주저 없이 사랑 할거지

바람과 구름과
시냇물의 노래

가을 마무리

조금 더 계시면
당신은 미수米壽의 여자가 되어
아련해지는 갈색과 열정을 살라 먹던
붉은 옷 벗으시고 먼 길 외출을 서두르겠지요

밤새 번민과 사색으로 뇌 아리다
통증이 가신 여명 후
샛바람 뚫고 온 고운 햇살에
토실한 언어를 매달아
만국기와 펄렁이고
가을 운동회가 끝난 아쉬움을
겨울이
걷어 가라고 보챕니다

이제 장롱 속에 당신을 개어 넣고
긴 잠 끝내고 다시 오실 때까지
그리움의 미학을 저무는 설움의 눈물을
삼킬 겁니다

나 맡긴 엄마가 오실 거라는
고아의 타는 가슴 표현 못 해
그게 응어리라고 내년
이맘때 또 알려주소서

나의 연인이여! 만추여!
당신은 올 것이니 괘념치 않습니다

바람과 구름과
시냇물의 노래

가을 여인과 하이힐

가을이 깊어지면
단풍나무 숲속 낙엽 쌓인 길에
종아리가 예쁜 하이힐을 신은
여인의 뒷모습을 보렵니다

시간은 반복되나요
여인의 등 뒤로 이탈한 홀로그램이
할머니가 되어
굽 낮은 신발로 조심스레 따라가시는데
또 하나의 홀로그램이 나타나
얼룩 고무신 신은 아이가
아장아장 따라갑니다

가을은 지는 노을의 긴 그림자를 닮았지만
훗날 봄을 예상합니다

아이는 자라서 늘씬한 종아리 아래
하이힐 신고서 그 숲길을 걸어가겠지요
깊어가는 가을, 꿈결이라도
하이힐 벗은 여인과 바스락 낙엽에 앉아서
사랑의 전설이 되고자 합니다

전설이 당신에게 묻습니다
누구세요?

가을을,
가을을 심하게 타는 남자이옵니다

바람과 구름과
시냇물의 노래

사랑한다는 말

사랑한다는 말
가슴에 담아둔 향기로운
꽃잎을 그대에게 뿌려주는 것

사랑한다는 말
간절한 마음으로
눈물 고일 듯 얘기하는 것

사랑한다는 말
말로써
채울 수 없는 빈칸에
형형색색
비단실로 수놓아 드리는 것

사랑한다는 말
건네지 않아도
심미안으로 인지하는 것

사랑한다는 말
어린 새 깃털 하나가
숨 멎은 호수에 닿자
동그랗게 미소 짓는 파문

사랑한다는 말
우리들의
영원한 동화책

사랑한다는 말
그대를 위해서 죽을 수 있다고
믿는 것

사랑한다는 말
나약한 우리를 강하게 한다
그래서 사랑한다고 말 한다

사랑한다는 말은
내가
그대가
살다 지쳐도
안을 수 있는 용기가 있다면
인생에서 도도할 수 있습니다

사랑해요
사랑해요
죽었다 깨어도
사랑해요

바람과 구름과
시냇물의 노래

신축년(辛丑年) 봄날은

여린 손 담그기도 머뭇거려지는
희여울 냇가에
아랍산 양탄자를 펼친 듯

　　봄까치꽃
　　　별꽃
　　　　광대꽃
　　　　　장딸기꽃 등
민얼굴들...

스스럼없이 속삭임을 부러워하는 시간에
유행병은 생명을 갈구한다

이따가
들꽃이 질 테지만

꽃잎이
땅에 닿는 소리를 듣고는
내년 봄은 어떠할까

잃어버린 시간

중세의 흑사병이라 불리는
페스트의 창궐로 유럽 인구의
이천만 명이 사망한 사실을 기억한다

코로나 발생 이후의 우리는
외로움
그리움
사별
그리고
달라진 삶의 방식과
생이별을 더 하고

토마토가 악마의 열매라 믿었던
두려운 시간이 있었고
어제와 오늘
코로나 19의 두려움도 그와 같은가

구원의 백신이 완성되어
잃어버린 시간을 되찾을 때까지
말 잘 듣는 게 지금의 백신일 거다

바람과 구름과
시냇물의 노래

감사제(感謝祭)

겨울비가 약속 없이 내리고
시간 지나 안개 자욱하여도
개여 파란 하늘과 지평선이 만나고
봄이 오는 소리는
습관처럼 부풀어 올라
만 가지 꽃으로 피리라

하루에도 사무친 그리움이
일렁이는 바다와 같은데
너로 하여
두 눈만 껌벅거린 채
한해를 가로막았어

보며 사랑한다고 말하던 외침도
하얀 마스크에 입술이 막혀
울림이 둔탁했고
가족만큼이나 함께했던 지인과
살가움도 잊어버릴 뻔했던 시간은
이전의 모습과 이야기로 다시 오리라
너로 인한 고통의 날들을
믿거나 두려워하지 않는다

우리가 잘못했다고 겁을 줬지만
달콤한 복수를 잊지 않아
너만 내성이 있는 거야?
우리에게도 내성이 있는 거야
이제
스피노자가 심었을 사과나무의
열매를 따서 정화수로 씻는다
내일의 해솔되라고 그 사과 하나
백신 한 병 손에 들어 올리고
새로운 지혜로 이겨내기에
감사한 거야

바람과 구름과
시냇물의 노래

코로나 19와 가을 진혼곡

또옥, 단풍색 가진 낙엽들이
떨어지는 소리 눈으로 들겠지요
미끄러지듯 서늘한 바람 속을
굴러가는 윤기 없는 울림은
병이 되고 깊어져
절망과 고통 속에 사위어간 영혼이
서걱거리는 한숨 소리일지도

지난봄 꽃들이 필 때 견디지 못하고
코로나바이러스 때문에
당신이 가족을 두고
눈빛 말도 못 한 채 감아버린
언어는 무엇이었을까

사랑한다고
미안하다고
잘못했다고

아니면
용서한다고
추가된 언어도 있었을까

가을이 왔어
파란 하늘의 양 떼가 무리를 지어가는걸
그대의 영혼이 볼 거고
뒤처진 한 마리도 없는 걸 보아
모두가 천국에 가셨다고 사람들은 믿을 거요

사랑해서 죽기 싫었고
달리 아파서 가셨지만
오고야 말 평온한 계절의 순리여!
황금빛 노을이 짙어가는 하루의 끝에도
새벽이 온다는 태양의 불멸을
믿으며 가을을 맞이합니다

바람과 구름과
시냇물의 노래

좀비가 따로 없네

아이티의 부두교에서 유래된 좀비는
살아 있는 시체가 움직이는 것으로
영화나 소설이나 드라마 등으로
날이 갈수록 변신을 거듭하네

주술에 의해서 움직이던 좀비가
방사능이나 바이러스에 의해 변종이 되고
일시적으로 죽었다가 살아나 인간에게 다양한
형태로 공격하는 현대판 신종 귀신은
이제 우리 곁에 바싹 다가온 것이다

코로나로 인한 감염으로 말 잘 듣는
백성은 이겨낸 듯하다가
어리석은 행위로의
개인과 공동체를 위협 한다

신의 사랑과 진리를 설파하는 자여

보고 겪어도 인식하지 못하는가

우리는 감염되지 않는다고 열변을 토하던 당신은

하느님의 뜻에 따라 감염되었나

당신의 교만과 무지로 도미노처럼 무너지는

방역체계를 보라

죽어서 외쳐 볼래? 너의 말씀이 잘 들릴까

작금의 실수를 또다시 어떤 궤변으로

따르는 양들에게 변명할 거냐

하여

그대는 타락한 좀비이고

진실로 진실로

좀비가 따로 없네

오! 신이시여

말 잘 듣는 앰한 사람 잡지 마시고

나쁜 사람들 냉큼 잡아가소서

바람과 구름과
시냇물의 노래

경자년(庚子年) 봄날에

벗꽃이 낙화하니
흰 배꽃 달빛 앉아
창백한 너로구나

지천에 꽃신인데
버선발은 까치발로

임 오시나 둘러봐도
생소한 임 찾아드니

종달새 노랫소리
그래그래 슬프구나

늘 봄 같은 우리 임은
백신 맞고 오시려나

붉은 네온 십자가

도시나 촌락의 야경 속에
붉은 네온 십자가 눈에 띄네
팔 벌린 사람 붙어 있으면 우상이든가,
왜 늘어져 고개 숙인 그대일까

나만을 위한 기도에 빠져
타인의 시선 아랑곳없이
멋진 사랑만 읊고 있다

이천 년 전이나 지금
비유나 은유 말씀인데
득만 얻으려고 확대해석하며
감염의 사지로 몰고
무지가 부른 목자의 교만이
마음 약한 사람들을 꼬드길 건가

2020년 한 여름
코비드19의 유행 속에
동참하지 않는 답답함이여
차라리
냉정한 이성이 뜨거운 맹신보다
진실에 가까워 된 볕 더위에
그을린 맹신의 상처가 아물었으면

바람과 구름과
시냇물의 노래

2021년 4월

노랑 보라 희고 붉은
이름 모를 들꽃의 원색이
이런 거야 알려주는 봄날인데
고통에 신음하는 계절은
교만과 오만에 찌든 우리에게
진 꽃향기를 뿌리며
봄 노래 들려주건만
마음의 봄은
시린 가지 끝에 앉아
봄은 왔어도 봄을 모르네

귀소(歸巢)

밋밋하게 살면서
내 언어를 찾을 수 없어
창피해서 죽고 싶은 날

아비지옥의 연속이라
두려움을 건너 뛰려
번민의 구름이 걸린
급체한 산정을 오르고

가부좌로 헤매기를
마음만 여삼추
얻지 못한 성급함에 흩어진
메아리를 모아보니

그. 냥. 써.

바람과 구름과
시냇물의 노래

하늘로 가신 임께

당신께서 소풍 끝내는 날
하늘에서 내려 보시기를
찬류세상이 아름다웠더라고

그 고초를 겪으시고도
아름다운 것만 보신 거죠
남아 있는 우리는
아픈 것만 보입니다
그러니
당신은 천사입니다

임시 지급

가끔 자다가 잠이 깨
작은 것이 마렵기 때문이다
아니 심중에 똬리 튼 언어가
밤이슬 맞으니
독 올랐기 때문이다

달아 난 잠 때문에
뭇별 사이로 헤매다
동틀 무렵
나의 밤이 시작되는 것이다
오늘 밤을 가불하는 것이다

바람과 구름과
시냇물의 노래

날고 싶어요

어렸을 적에는 새들과
잠자리 비행기만 나는 줄 알았어요

여드름이 기생화산처럼 돋아나서
부끄러울 때부터 날고 싶었어요

첫사랑이 절벽 위여서
날고 싶었어요

살다 지치고 마음이 무너져도
날고 싶었다니까요

나르는 흉내 내기에 지친 지금도
날고 싶어요

왜 날아야 하는지
많은 시간이 흘러도 모르겠네요

그냥
자유롭게 날고 싶어요

그대와 나

그대를 몰랐다면
사람 중에 비굴했을 거다

그대 뵙지 못했다면 무의미
그대 없어 끔찍함으로
그대 잊으면 죽은 넋 되어
저승 가도 외로울 거야

그대 있기에 번민하고
설움에 북받치는 마디 숨과
모가지 펴서 쉰 소리로
노래함은,
세상사 추하고 풍진에 묻혀도
조찰 하게 버텨요

그대여
포장으로 낯가린다면
벗겨서 무안을 주오

그대여
거짓 없이 읊조리도록
무시로 심판하소서

바람과 구름과
시냇물의 노래

착한 시 쓰기

사랑을 얻기 위해 애써봐도
어쩌면 먼 마을에
갑돌이와 갑순이 이야기인가

가부좌로 수행하는 도인이거나
성벽처럼 둘러싸인
수도자의 삶도 아닌데
왜 바깥이 궁금한지

아이가 조그맣게 삐죽거리는 입술의 졸음도
제 방귀 소리에 놀라 깨어나는 예민함도
기억해야 하고

사대부집 원이 엄마의 파묻히고 드러난
애틋한 연서 한 장의 절절함이
오늘을 끼워도 달라지지 않았음을,

착해지려 시작하는 발로發露가
그 아이의 자장가가 되고
백지에 하얀 잉크 찍어 불빛에 비춰 봐도
읽히는 그대를 도모圖謀하오

순수

아이야
　나에게 주려무나
　순백의 항아리에 앉은
　흑진주보다 빛고운
그 눈망울
　줄 수 없겠니

바람과 구름과
시냇물의 노래

편의점

우리 집 앞에
편의점이 있다
거기엔 과자 음료수 주류 등
온갖 잡화가 병마용갱처럼 줄지어 서 있다
언젠가
모든 이의 시집도 멋지게 포장되어
팔려나가는 상상을 한다
스르륵
소주 한 병요!
시집 한 권요!

달의 이미지

달 달 무슨 달
하지 마!
닐 암스트롱과
에드윈 울드린이
달의 전설과
순결을 앗아갔어

바람과 구름과
시냇물의 노래

겨울 길목에서

자줏빛 갈대꽃이
허옇게 세어
남쪽으로 흔들리는 걸 보니
삭풍이 불고 있나 보다

예전엔
겨울이 추울 거라고
걱정도 했으련만

삼한사온이 잊힌 지 오래고
꽁꽁 얼어 버린 개울에서
팽이 치던 기억과
무릎 꿇고 타던 작은 썰매는
빙판 위에서
물수제비처럼 미끄러져 갔다

눈싸움하다가
눈알에 맞아 별이 튀어도
마냥 신이 났었고
눈밭을 헤치며 달려 나가던
누렁이가
흑백의 즐거움은 어땠을까

아랫녘 초가의 처마에 달린
수정 같은 고드름을 떼어
좋은 편이 되어 나쁜 편과 싸우며
차디찬 허공을 가르던
칼싸움은
정의로움에 으스대었지
그게 제대로 추워져야 가능한
일이고
스키장 가는 일도 즐겁지 아니한가

얼어붙은 그대 입술에
닿자 녹아버린 흰 눈보다
머리숱이나 눈썹에 앉아
하얗게 서리 핀 그대가
가여워
따뜻한 포옹이 필요한
혹한의 겨울이 되기를
바라는 게
무리인 듯이 하는 것은,

바람과 구름과
시냇물의 노래

봄인 듯
여름이 오고
가을인 듯 봄 같은 겨울의
경계선이 무너지니
남방의 물고기가 식탁에 오르겠네
명태와 정어리는 어디로 갔을까

여름엔
간단없이 쏟아지는 소나기와
거대한 폭풍의 소용돌이는
횟수를 초과해 노아가 만들었던
방주라도 띄어야 할까 봐

지난해
겨울로 들어선 길목에서
온화해진 모습으로 왔기에
누구시더라? 하고 되묻는 내가
얼치기인가요

맑고 차가운
밤하늘의 별들이 흔들리던
경이로운 순간과
어떤 날은 눈을 떴을 때
수북이 쌓인 푸른 눈이 시려 보여
아랫목으로 기어들던 어린 시절
기억의 첫 대면이 그대 겨울인데
첫눈에 반했거나 한눈에 반했거나
이젠 볼 수가 없어

지구촌엔
후회라는 언어가 있어서
후회를 함으로써
뚫린 하늘의 구멍을 막아
맨 처음 하늘로 되돌려 준다면,

인류가 캐어낸
윤택한 돌과 기름으로 부단하게 찔러댄
푸른 하늘의 구멍에 새 살이 돋는 날
나그네 되어 떠나갔던 냉정한 사내가
치유되어 돌아오는 겨울 길목에서
다시 만날 수 있기를 희망하며
오래전
그해 그 겨울날의 겨울 다운 추위에게
기별을 전합니다

바람과 구름과
시냇물의 노래

지구가 영원하기를 소망하며

지구가 태어나던 날 나는 없었다
성경에 쓰인 말씀과 다르게
똑똑한 과학자들의 논리적 검증 때문에
지구는 자연이었다

우주 밖으로 나간 적은 없지만
우주인이 달에서 응시하던 지구를 보았다
시야에 들어온 무수한 별들은
발갛게 빛나지만
지구는 하얀 구름은 껴안는 푸른 별이더라

미세먼지가
천산
알프스
에베레스트
로키산맥엔 없을까

오염되는 탁한 강물은,
아마존
미시시피
라인과 다뉴브
한강이
처음의 물빛으로 흐를 수 있을까

어찌하여 자연의 색깔이 고화질 화면의 비친
선명함보다 못할까

별은 붉은별로 죽은 널 고백하고
우리가 건사해야 할 둥근 땅은
태양이 아직 푸른빛을 내어주지만
기회는 있다
견뎌온 나이만큼 걸려도
회복 할 수 있으니

간절한 것은
우리가 살아가는 이 땅의 모든 것
옛 모습으로 되돌려
독보적인 푸른빛이 너뿐이고 그래서
지구가 영원하기를 소망한다

바람과 구름과
시냇물의 노래

장기기증

나는 사막의 폭풍 작전 때 탱크였다
피아간 먼저 맞히면 박살 내던 전차

언제부터 크랭크축에 불쾌한 소리 나고
머플러에 내지른 매연도 고약하네
맑은 공기가 들어와도 흡배기 역할 못 하고
실린더도 눌어붙네

대포알은 녹슬어 폐기될 거고
전조등은 희미한데
탱크의 에너지를 나르던 관은
쓸만하다네
하나 더 있다
연료통 찌꺼기를 거르는
필터는 쓸 수 있다고 그러고

닦고, 조이고, 기름 쳐도
박물관에 전시될 건데
다 가져가라
적출 후에 못질 엉성한 관에 담겨
흙 아래 빈 껍데기로 누울 거다

까불고 살았다
흘렸던 눈물로 사랑했단 말
진부했으니
두려워 천국 가고 싶어서
당신께 눈도장 찍는 거다

바람과 구름과
시냇물의 노래

모순

서로 사랑하라 하시고 원죄 주셨다
의문까지 숙제를 주신다.

모난돌 맞기

영혼이 맑기를 소망합니다
구정물이어서 그러고 싶어요
습관 된 죄 많음에 돌 맞아 영혼이
미쁘고 순해진다면
모난돌 던지세요
죽더라도 맞을게요

바람과 구름과
시냇물의 노래

세다만 지폐

사업 잘되었어
벌려놓은 대로 돈이 되고
자고 나면 이불속 흘린 지폐도 있었어

어느 날
실수도 잘못도 없었어
누가 뺏어간 것 더욱 아니었어
마치 두 주먹에 쥐고 있던 바람 같았지
그렇게
지폐 세는 일은 전설이 되었지만
영광의 화려함은
아쉬움의 세 글자로 남았어

내 사랑인 줄 알았어
호주머니에 넣어 둔 사랑은
질러 넣고 빼던 손길 따라
밖으로 흘려 버렸어 그게 지폐라면
주운 이 횡재라도 했을 텐데
사랑도 잃지 않도록 채비해야 하나
세다만 지폐처럼
아쉬움 없게 말이야

서산마루 해 질 녘
긴 그림자 발끝 닿을 때
한 번쯤 뒤돌아보았지
세다만 지폐들의 잔해가 가까이
흩어져 있었어
온전히 버리지 못했구나!

흩어진 잔해 위에 널브러진
절제 없던 육신의 죄,
맘대로 상상하던 생각 죄,
절실한 도움 외면하던 냉정 죄,

나보다 가난하고 고통 받는 이
무통으로 일관하던 외면 죄,

"아니오"라고 외쳐야 할 때 입 닫혀
멀쩡한 사람 병신 만들어버린
천하 비굴 죄,

바람과 구름과
시냇물의 노래

하도 많아 멀리 떨어져 있는 죄는
무슨 죄인지 선명치 않아
좀비처럼 일어나
속죄하기 급한 나보다 빠르게 덤빌 것 같아
몸서리쳐

다시 돌아서자
앞만 보고 가는 게 좋겠어
이제 이쁜 짓 하면 되지

바람이 지나가면 길 물어봐
발바닥에 밟히던 풀잎 피해서 봐
겨울 창문에 쉬던 햇살을 봐
천진난만한 아이의 눈 속에 나를 들여놓고
처음 나였던 눈빛을 봐

어디에도 나 쉴 곳 없다던 땅 위에
내가 보던 일상이 행복인데
모르고 있었어

세다만 지폐...
삭제/클릭

고백

신께서 허락하신 이외의 것도
운명이 오니
그대로 제 것이 옵니다.

그리워 탈진한 사랑의 부산물도
쓸어 담으니
그대로 내 것입니다.

바람과 구름과
시냇물의 노래

내 편

넌 누구 편이냐?
우리 편입니다.
우리 편이 잘못했을 때는?
무조건 우리 편입니다.

넌 누구 편이냐?
우리 편입니다.
우리 편이 잘못했을 때는?
똑바로 보며 손가락질합니다.

흠,
왕따로 정신 분열될 텐데...
그래도 꾸짖어야 합니다.
그래서 얻는 건?
우리를 두려워함이지요.

서로가 그런 거야?

그를 찢어 먹는다
너무 맛있어
겨울비 오던 날 해물파전과
소주 부어 잔 쪽 소리 듣고
찢어 먹는 자유를 만끽하다가
양념장은 고약한 본성이고
찢어 먹는 건 상처를 삼키는 것

ㅆㅂ!
왜 뒷전에서
삶을 다 아는 것도 아닐 텐데
생각이 다르다고
네가 보기엔 싹수없다고
타인을 격하게 울먹이는가
끝없는 자유가 목젖까지 찼는지
마구 토해내는 그는
어떻게 생겼거나
항상 사람 멀미해

자유의 허상이 만들어 낸 너
서로를 절명케 할 수 있으며
그게 필요악이라지만
날 뜨거울 때 늘어지는
엿 같은 SNS다

바람과 구름과
시냇물의 노래

미사일 예언서

빵이 없어도 자유라 믿거나
자유 없는 빵이거나
둘 다 요원한
조지 오웰의 1987이 미리 머물러
수렁으로 빠져가는 곳

하루는 꿈을 꾸었다
미사일 예언서의 꿈을

TV 속에 비친 그의 눈은 빨갛고
땀을 훔치는 오른손은 가늘게 떨었다

"인간의 실수로 ICBM 두 발이 발사
되었고 한 발은 동해상에 또 한 발은
태평양상에 추락하면서 폭발했다"고
주눅 들린 목소리로 관련된 나라들에게
머리 숙였다

그 후 여러 나라의

분노한 세력들이 연합하여

지상과 바다와 하늘로 모여들어

수천 기의 미사일이 발사 되자

꿈틀거리며 용솟음치거나 가로질러서

주눅 든 모든 곳에

대폭발이 일어났다

마을마다

이념과 체제의 선전물들이 무너지고

모든 것이 잘게 나뉘어 땅 위에는

두루 평지를 이루었다

바람과 구름과
시냇물의 노래

신념(信念)과 진실(眞實)

1. 신념

믿음,
교조教條 되면
현미顯微 해도 반사 없는 어둠

불평등의 비좁은 골목에서도
빼앗길 수 없는 자아

굳어져 잠재된 각인 되고
사실이 굴절되어도
믿으니 완벽한 자기체면 같은 것
때론 불가능을 가능케 하는 힘

2. 진실

솔직한 게 바보 같아 실상을
보려는 이원시二元視
실재實在 하던 것

믿어지지 않는 사실이 현실을 지나쳤거나
다시 다가와도
영원불변한 것

우리의 진실은 어디에 있든
있을 건데
부정한다면
납치한 폭력에게 순종하고
동정마저 느끼는 스톡홀름의
증후군이 아닌지

진실이 신념에 가려서
극복되지 못할 때
수치스럽게 함몰되어 죽기까지
기울어진 사고의 경사傾斜를 걷는
불편한 행로

진실에 대한 거부로
자기변명과 부정으로 파멸할 바엔
리마 증후군 되어 역설하시오

바람과 구름과
시냇물의 노래

유감(遺憾)

조선조 임금이나
양반들은 부모상이면 삼 년을
묘 곁을 떠나지 않았다
대단하다
그 시간에 생산적이었으면

영 좌의정 판서 내리 양반들
이매창 장녹수 황진이 논개 초선이
장연홍 이난향 뿐인가
해어화解語花라 부르고 교육해
미인박명에 일조하던 농단이
충의와 정절을 국시國是로 했더라

아버지를 아버지라 부르지 못하는
모순의 첨단 것들이
삼강오륜 외치기는

변함없는 본능에 여유로워
그게 지고至高한 것으로 믿는 그들은
예나 지금의 권력과 재물들이 시대를 반면교사하고
부단히 건너와도
너희는 지키지 않는데 우리보고 지키라고 한다

군대나 회사 몇 달 선임이면 꾸벅 인사 잘한다
동네 어른 보다 깍듯하다
다 같은 것인데 격을 둔다

속 아픈 부모에게 하루도 거르지 않고 매일 아침
정화수 떠드려 속 씻으시고 정신 맑게 드리는 게
효야
죽은 뒤 상다리 휘어지게 차려놓은들
그날 우리만 주지육림 하는 거지
그래도 간만에 혈육들 모였다고 다행은 있네

다시 한번 뒤돌아볼 때 야
'그때는 맞고 지금은 틀리다' 라는 게
왜인지 봐야 해
애써 얘기해도 아무도 들어주지 않는다면
유감인 거야

바람과 구름과
시냇물의 노래

악용(惡用)

권력을 쟁취하기 위해서 누구나
현실에 적합한 지혜를 추구하오
거기까지,

쟁취한 그 날부터
위정자들은 미리 예감한 현실에 안주하고
그게 독인 줄 알면서 애써 모른 체
취取한 것에 취醉해
잘 따르는 백성이라 착각한다

어쩌면 우리는 휩쓸려가거나
권력은 그걸 악용하여
우리의 기대를 짓뭉갠다

어떤 민족은 역사에서 사라진다
이유는
우리 편 때문에 모두가 만용이 넘쳐서
화를 부른다
우매한 탓이다

산다는 것
후회와 좌절
보다 절망 속에 반복되나
체념의 채반에서 희망의 꽃씨를 걸러 내어
축복받은 대지에 심는다
그리고
영원히 즐겁고 기쁜 날을 꿈꾸면서
숨 쉬는 삶에 감사드린다

-시 〈인생 1〉 중에서-

바람과 구름과
시냇물의 노래

바람과 구름과
시냇물의 노래

전남혁 시집

2021년 9월 3일 초판 1쇄
2021년 9월 7일 발행
지 은 이 : 전남혁
펴 낸 이 : 김락호
디자인 편집 : 이은희
기 획 : 시사랑음악사랑
연 락 처 : 1899-1341
홈페이지 주소 : www.poemmusic.net
E-Mail : poemarts@hanmail.net

정가 : 10,000원
ISBN : 979-11-6284-308-6